INSTITUT DE FRANCE

PARIS

TYPOGRAPHIE DE FIRMIN-DIDOT ET Cie

IMPRIMEURS DE L'INSTITUT DE FRANCE, RUE JACOB, 56

—

M. DCCC XCIX

INSTITUT DE FRANCE

MINISTÈRE
DE
L'INSTRUCTION PUBLIQUE
ET
DES BEAUX-ARTS

DIRECTION
DE
L'ENSEIGNEMENT SUPÉRIEUR

5e BUREAU

RÉPUBLIQUE FRANÇAISE

Paris, le 8 juillet 1899.

Monsieur le Président,

M. le Ministre des Affaires étrangères vient de m'adresser copie d'un projet de règlement relatif à l'administration des fonds légués par M. Nobel, sujet suédois, pour la création de cinq prix internationaux annuels de 300,000 couronnes (420,000 francs) chacun, destinés à récompenser : les trois premiers, une découverte en physique, en chimie et en physiologie ; le quatrième, une œuvre littéraire de tendance idéale ; enfin, le cinquième, un travail traitant de la fraternité des peuples, de la suppression ou de la réduction des armées permanentes, et de l'expansion des congrès de paix.

J'ai l'honneur de vous transmettre ci-joint ce document que je vous serai obligé de vouloir bien porter à la connaissance de chacune des académies intéressées. Vous estimerez sans doute avec moi qu'il serait utile de donner à cette fondation toute la publicité dont dispose l'Institut.

Agréez, Monsieur le Président, l'assurance de ma haute considération.

LE MINISTRE DE L'INSTRUCTION PUBLIQUE
ET DES BEAUX-ARTS.

Pour le Ministre et par autorisation :

LE DIRECTEUR DE L'ENSEIGNEMENT SUPÉRIEUR,
CONSEILLER D'ÉTAT.

A Monsieur le Président de l'Institut de France.

INSTITUT DE FRANCE.

ANNEXE A LA DÉPÊCHE DE STOCKHOLM
du 18 mai 1899

DIRECTION COMMERCIALE
N° 29

PROJET

RELATIF A L'ADMINISTRATION

DE LA

FONDATION NOBEL

BUT DE LA FONDATION

§ 1. — La fondation Nobel est basée sur le testament du docteur Alfred-Bernhard Nobel, ingénieur, testament rédigé le 27 novembre 1895 et dont les passages ayant trait à ces dispositions sont ainsi conçus :

« Quant au reste de ma fortune, il en sera disposé comme suit : le capital, placé par les liquidateurs en valeurs sûres, constituera un fonds dont les intérêts seront distribués chaque année en guise de prix à ceux qui, durant l'année écoulée, auront rendu les plus grands services à l'humanité. Les intérêts seront divisés en cinq parties égales attribuées : la première à celui qui aura fait la découverte ou l'invention la plus importante en physique ; la deuxième à l'auteur de la découverte ou du perfectionnement le plus important dans le domaine de la chimie ; la troisième à l'auteur de la découverte la plus importante en physiologie ou en médecine ; la quatrième à l'auteur de l'œuvre littéraire la plus remarquable, de tendance idéale ; et la cinquième, à celui qui aura travaillé le plus ou le mieux pour la fraternité des peuples, pour la suppression ou la réduction des armées permanentes et pour la réunion et l'expansion des congrès de paix. Les prix de physique et de chimie seront décernés par l'Académie suédoise des Sciences, celui de physiologie ou médecine par l'Institut carolin de Stockholm, et celui pour les champions de la paix par une commission de cinq personnes nommée par le Storthing norvégien. C'est ma volonté expresse que, lors de la distribution des prix, il ne soit tenu compte, en aucune manière, de la nationalité des concurrents, de façon que le prix soit décerné au plus digne, que ce dernier soit Scandinave ou non. »

On devra, dans l'institution de la fondation Nobel, s'inspirer des dispositions testamentaires précitées en même temps que des commentaires et dispositions de détail contenus tant dans les présents statuts que dans l'arrangement à l'amiable signé le 5 juin 1898 avec certains héritiers du testateur.

§ 2. — Les mots « Académie de Stockholm », employés dans le testament désignent l'Académie suédoise.

L'expression « œuvre littéraire » ne s'applique pas seulement aux œuvres de pure fantaisie, mais aussi à toutes les œuvres qui, par la forme ou le style, possèdent une valeur littéraire.

Les dispositions du testament prescrivant que les distributions de prix annuelles ne viseront que les travaux « de l'année écoulée » doivent être entendues de telle manière que ce sont les résultats les plus récents des travaux sur les différents terrains de culture intellectuelle cités dans le testament, qui seront l'objet d'une récompense. Quant aux travaux plus anciens, ils ne pourront obtenir de prix que si leur importance a été seulement, tout récemment reconnue.

§ 3. — Pourront seules participer au concours les œuvres littéraires imprimées.

§ 4. — Un prix peut être réparti également entre deux ouvrages qui paraissent également méritants.

Si un ouvrage couronné par la fondation Nobel est l'œuvre de deux ou plusieurs collaborateurs, le prix leur sera décerné en commun.

L'œuvre d'un auteur décédé ne peut être l'objet d'une récompense ; toutefois si le décès est survenu après que l'intention de couronner cette œuvre aura été manifestée, le prix pourra être accordé.

Il appartiendra à l'institution chargée d'attribuer le prix de décider si ce prix peut également être décerné à une institution ou association.

§ 5. — Un ouvrage ne saurait être couronné s'il n'est démontré par l'expérience ou par expertise qu'il possède la haute valeur exigée par le testament.

Si aucun des ouvrages présentés au concours ne remplit

cette condition, le montant de la récompense sera réservé pour l'année suivante. Si, cette seconde année, le prix n'est, de nouveau, pas décerné, les sommes restant ainsi disponibles seront ajoutées au capital chaque fois que les institutions chargées de statuer à cet égard n'auront pas, à la majorité des trois quarts des voix au moins, résolu que lesdites sommes seraient constituées en fonds spécial pour le groupe de prix en question. Les intérêts de ce fonds pourront, sur l'avis favorable de l'institution chargée de décerner le prix, servir à favoriser, autrement que par la distribution de récompenses, l'accomplissement des fins que s'est proposées le testateur. Tout fonds spécial sera administré conjointement avec le fonds principal.

§ 6. — Pour chaque groupe de prix suédois, l'institution chargée de décerner le prix élira un « Comité Nobel » de trois à cinq personnes, chargé de rédiger un rapport sur la distribution des prix. Quant au prix pour la paix, l'examen nécessaire sera fait par la Commission du Storthing norvégien citée dans le testament.

Pour faire partie du « Comité Nobel », il n'est pas nécessaire d'être sujet suédois ni d'appartenir à l'institution chargée d'attribuer le prix. Les étrangers sont également admis à faire partie de la Commission norvégienne.

Le membre d'un Comité Nobel a droit, en échange du travail dont il a été chargé, à une indemnité qui sera fixée par l'institution chargée de la distribution du prix. Chaque fois que besoin sera, l'institution chargée de décerner le prix pourra désigner un expert chargé de prendre part, comme membre, aux discussions et décisions du Comité Nobel.

§ 7. — Toute personne désirant concourir pour l'obtention d'un prix devra faire l'objet d'une proposition écrite d'une personne compétente. Les demandes personnelles ne seront pas admises.

Sont compétentes pour formuler ces propositions de récompenses, toutes les sommités de la science sur le terrain dont il s'agit, suédois ou étrangers, les propositions devant être formulées conformément aux dispositions que fera connaître l'institution chargée de décerner le prix.

Sont soumises à l'examen, chaque année, toutes les propositions présentées au cours de l'année précédente, comptée jusqu'au 1er février.

§ 8. — Chaque proposition doit être motivée et accompagnée des écrits et documents invoqués à l'appui.

Si la proposition n'est pas rédigée soit dans l'une des langues scandinaves, soit en anglais, français, allemand ou latin, ou si, pour juger de la valeur d'un ouvrage, l'institution chargée de décerner le prix est forcée de prendre connaissance d'un écrit composé dans une langue dont la traduction ne peut se faire qu'avec grande difficulté et au prix de frais considérables, l'institution n'est pas tenue de prendre ladite proposition en considération.

§ 9. — La liste des prix sera publiée le 10 décembre, jour commémoratif de la fondation et anniversaire de la mort du testateur; le montant des récompenses sera transmis aux lauréats et accompagné d'un diplôme et d'une médaille d'or portant l'image du fondateur ainsi qu'une inscription.

Le lauréat doit, si possible, au plus tard six mois après

la distribution, faire à Stockholm, ou, en ce qui concerne le prix de paix à Christiania, une conférence publique sur le travail couronné.

§ 10. — La décision de l'institution chargée de décerner le prix est sans appel. Si les avis ont été partagés, mention n'en saurait être faite au procès-verbal, ni le fait divulgué de quelque autre manière.

§ 11. — Les institutions chargées de distribuer les prix auront la faculté d'établir des institutions scientifiques et autres établissements, en vue de les aider dans l'examen des propositions et de favoriser le but de la fondation.

Ces institutions et établissements seront dénommés « Instituts Nobel ».

§ 12. — Chaque institut Nobel est dirigé par l'institution qui l'a établi.

Ces instituts seront indépendants quant à leur organisation extérieure et sous le rapport financier. Les sommes désignées pour leur entretien ne sauraient donc être employées au profit des institutions chargées de la distribution des prix ni de quelque autre établissement. De même, aucun savant qui occupe un poste à traitement fixe dans un institut Nobel suédois ne peut occuper un poste analogue dans quelque autre institution, sauf autorisation spéciale du roi.

Si les institutions chargées de la distribution des prix le jugent possible, les instituts Nobel seront installés dans un seul et même endroit et auront une organisation similaire.

Les étrangers, hommes ou femmes, pourront être également employés dans les instituts Nobel.

§ 13. — Sur la part d'intérêt annuel qui revient à chacun des cinq groupes de prix, un quart sera prélevé chaque année pour les frais directs de la distribution et pour l'institut Nobel. L'excédent, s'il y en a un, est réservé pour les besoins futurs de l'institut.

ADMINISTRATION DE LA FONDATION

§ 14. — La fondation est représentée par une direction dont le siège est à Stockholm, et qui se compose de cinq Suédois, dont l'un, le président, est désigné par le roi, tandis que les autres sont nommés par les mandataires des institutions chargées de décerner les prix. La direction choisit parmi ses membres un directeur en chef.

Des suppléants seront, en outre, nommés, savoir : un pour le membre désigné par le roi et deux pour chacun des autres membres.

Les membres de la direction, choisis, de même que leurs suppléants, par les représentants des institutions chargées de décerner les prix, sont nommés pour deux ans, comptés à partir du 1er mai.

§ 15. — La direction administre les fonds, et autres propriétés de la fondation communes à tous les cinq groupes de prix.

La direction est chargée de verser aux lauréats les prix qui leur sont attribués conformément aux présents statuts et d'effectuer, en général, tous les paiements nécessités pour les prix, les instituts Nobel, etc. En outre, la direction doit, sur la demande à elle adressée, prêter son concours aux personnes qui ont à s'occuper de la fondation, pour toutes les questions non scientifiques relatives à cette fondation.

La direction est autorisée à nommer des fondés de pouvoir chargés de poursuivre, demander et défendre aux lieu et place de la fondation et, en général, d'agir en son nom en justice. La direction nomme également les employés nécessaires à l'administration et fixe leurs traitements et pensions.

§ 16. — Les institutions chargées de la distribution des prix nomment, pour une période de deux ans comptée à partir du 1er janvier, quinze mandataires. Sur ces quinze mandataires, l'Académie des Sciences en désigne six, et les trois autres institutions, trois chacune. Les membres suppléants sont également nommés, au nombre de quatre, par l'Académie des Sciences, et deux par chacune des autres institutions.

Les mandataires choisissent parmi eux un président. Pour procéder à cette élection, ils reçoivent une convocation du plus âgé des mandataires de l'Académie des Sciences.

Pour qu'une résolution puisse être prise, la présence d'au moins neuf mandataires est nécessaire. Si quelqu'une des institutions chargées de décerner les prix néglige de nommer des représentants, cette circonstance n'empêche point les autres de décider sur les questions qui leur sont soumises.

Si un mandataire habite une autre localité que celle où se tiennent les réunions, il a droit à une indemnité prélevée sur les fonds communs de la fondation pour les frais occasionnés par son déplacement.

§ 17. — L'administration et les comptes de la direction seront vérifiés, pour chaque année civile, par cinq contrôleurs élus avant l'expiration de cette même année. Chacune des quatre institutions chargées de la distribution des prix en nommera un, et le roi choisira le cinquième, qui sera en même temps président du Comité de contrôle.

Le rapport concernant l'administration de la fondation devra, avant la fin du mois de février, être transmis par la direction au président du Comité de contrôle. Le travail de ce comité devra être terminé avant le 1ᵉʳ avril, et le rapport y relatif sera transmis aux mandataires des institutions chargées de décerner les prix.

Le rapport du Comité de contrôle, qui devra être publié dans les journaux, contiendra un compte rendu de l'emploi des intérêts produits par les différents fonds.

Le fait que l'une des institutions chargées de décerner les prix aura négligé de nommer un contrôleur, ou qu'un contrôleur omet de se présenter à la séance après avoir été convoqué ne saurait empêcher les autres contrôleurs de poursuivre leur examen.

§ 18. — Tout contrôleur a le droit d'examiner quand bon lui semble les livres, comptes et autres documents de la fondation; la direction ne peut lui refuser aucun renseignement demandé au sujet de l'administration. Tous les titres et valeurs de la fondation devront, au moins une fois par an, être examinés par les contrôleurs.

Le ministre de l'Instruction publique et des Cultes, ou la personne déléguée par lui à cet effet, a également accès à tous les documents et actes de la fondation.

§ 19. — En se basant sur le rapport du Comité de contrôle, les mandataires des institutions chargées de distribuer les prix donnent décharge à la Direction, ou prennent, s'il y a lieu, les mesures nécessaires contre elle, ou tel de ses membres. Si aucune poursuite n'est intentée dans le cours d'une année, comptée depuis la transmission du rapport de la Direction au Comité de contrôle, ce dernier est considéré comme ayant donné décharge.

§ 20. — Le traitement du directeur, ainsi que les honoraires des membres de la Direction et du Comité de contrôle, sont fixés par le roi. Le roi promulguera également un règlement spécial concernant les règles qui devront être suivies pour l'administration de la fondation, indépendamment des statuts fondamentaux.

§ 21. — Chaque année, un dixième des intérêts du fonds principal sera ajouté au capital. L'intérêt rapporté par le montant de chaque prix avant qu'il ait été attribué comme une récompense ou ajouté, comme il est dit au § 5, au fonds principal ou à l'un des fonds particuliers, est également joint à ce capital.

MODIFICATION DES STATUTS

§ 22. — Les institutions chargées de décerner les prix, ainsi que leurs mandataires et la direction, peuvent proposer des modifications aux statuts. L'avis des mandataires est exigé pour toute proposition émanant d'une des institutions ou de la direction.

La décision est prise par les institutions et la direction : l'Académie suédoise des sciences dispose de deux voix, et chacune des autres institutions, ainsi que la direction, une voix. Si le projet n'obtient pas quatre voix ou si, lorsqu'il s'agit des droits d'une seule des institutions, celle-ci n'approuve pas le projet, il est considéré comme non avenu. Si, au contraire, le projet est adopté, il devra être soumis à l'approbation du Roi.

Si quelqu'un néglige de se prononcer sur un projet avant l'expiration de quatre mois, comptés à partir du jour où il en a reçu communication, cette abstention n'empêche point la solution de la question.

RÈGLEMENT TEMPORAIRE

§ 1. — Aussitôt que les statuts de la fondation auront été approuvés par le roi, les institutions chargées de décerner les prix nommeront, pour la période s'étendant jusqu'à l'année 1901, le nombre prescrit de mandataires, lesquels se réuniront le plus tôt possible à Stockholm pour élire la direction.

Pour le calcul du temps de service des membres de la direction élus pour la première fois, on observera : 1° que l'année au cours de laquelle ils ont été élus est ajoutée à la période de service réglementaire qui sera calculée à partir du 1er mai suivant, et, 2° qu'il sera décidé que deux membres choisis par voie de tirage au sort se démettront après un an, compté à partir de cette même date.

§ 2. — La direction de la fondation prend charge, à partir de l'année 1900, de l'actif de la fondation ; les exécuteurs testamentaires restent cependant libres, au cours de cette année, de prendre les mesures nécessaires pour achever la liquidation de la succession.

§ 3. — La première distribution de prix aura lieu, pour tous les groupes, en 1901.

§ 4. — Sur l'actif de la fondation, il est prélevé : 1° pour chaque groupe de prix une somme de 300 000 couronnes, soit 1 500 000 couronnes, destinées avec leurs intérêts, courant à partir du 1er janvier 1900, à subvenir aux frais d'organisation des instituts Nobel, et 2° la somme que la Direction, après un avis préalable des mandataires, jugera nécessaire pour fournir à l'administration de la fondation le local nécessaire, ainsi qu'une salle de fêtes.

Chacune des institutions chargées de décerner les prix pourra décider que les 300 000 couronnes ci-dessus, intérêts compris, ou partie de cette somme, soient mises en réserve pour le fonds spécial du groupe de prix à distribuer.

Paris. — Typ. de Firmin-Didot et Cⁱᵉ, imp. de l'Institut, rue Jacob, 56. — 38133.